SANTIAGO EL SOÑADOR

ENTRE LAS ESTRELLAS

POR RICKY MARTIN

ILUSTRADO POR PATRICIA CASTELAO

Celebra Children's Books • an imprint of Penguin Group (USA) LLC

CELEBRA CHILDREN'S BOOKS
Published by the Penguin Group
Penguin Group (USA) LLC
345 Hudson Street, New York, New York 10014

USA / Canada / UK / Ireland / Australia / New Zealand / India / South Africa / China

penguin.com
A Penguin Random House Company

ISBN 978-0-451-41572-1

Manufactured in the USA

3 5 7 9 10 8 6 4 2

Designed by Jasmin Rubero
Text set in Hadriano Std

A todos los niños y las niñas . . . ¡Sigan sus sueños
hasta alcanzar las estrellas!

Bienvenidos al mundo de **SANTIAGO EL SOÑADOR**™.

Si quieres conocer más, por favor visita **www.piccolouniverse.com**

El mayor sueño de Santiago, desde que podía recordar, era actuar en un escenario.

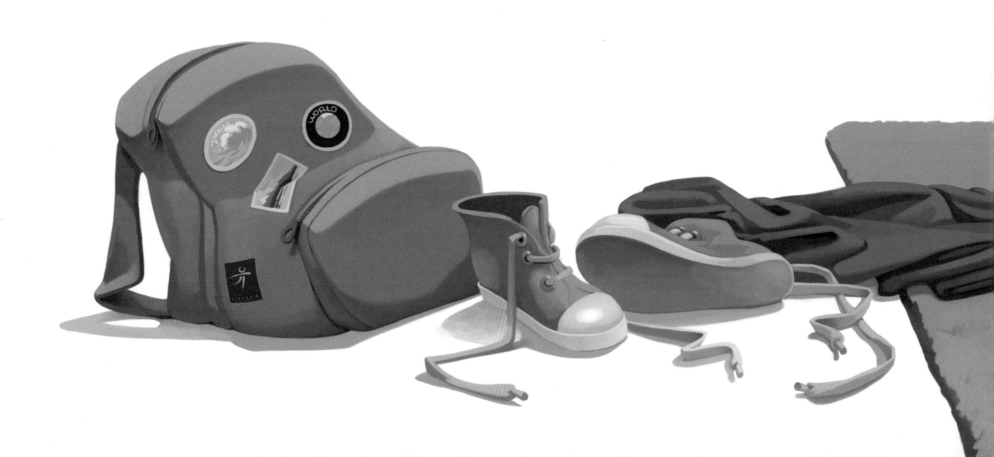

Un día, en su escuela anunciaron que
harían audiciones para el papel principal
de la obra anual de teatro.
Santiago llegó corriendo a la audición
y en ese momento vio a otro niño que
actuaba maravillosamente.

La directora llamó a Santiago.

Estaba tan nervioso que no podía emitir ni un sonido. Cuando al fin lo logró, su voz sonó temblorosa.

Todos los chicos se echaron a reír.

La directora pidió a los niños hacer silencio y no eligió a Santiago.

Esa noche, Santiago le dio la noticia a su papá:
—No conseguí el papel en la obra.

El papá de Santiago sonrió y le dijo: —Nunca
te des por vencido. Puedes lograr tus sueños
con amor y dedicación. Y no importa lo que elijas,
¡siempre trata de alcanzar la luna!

Santiago cerró los ojos, se quedó dormido y
comenzó a soñar . . .

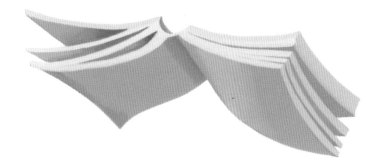

Estaba en una clase, pero esta vez él era el maestro
y animaba a los alumnos a hacer realidad sus sueños.
Les enseñaba matemática, ciencia y arte . . .

De repente, el sueño cambió y ahora estaba en
la cabina del piloto, al mando de un gran avión . . .

Después era un doctor que hacía sentir mejor a sus pacientes . . .

Luego, era un astronauta que flotaba
en el espacio haciendo nuevos descubrimientos . . .

Y de pronto, era un paleontólogo que estudiaba fósiles de dinosaurios . . .

¡*Crac!* ¡Acababa de batear un cuadrangular y ganar
la Serie Mundial! ¡Bravo, Santiago!

Pero el último sueño fue el que más le gustó:
actuaba en el escenario de un famoso teatro.

Santiago se entusiasmó tanto con este sueño que
decidió practicar como si el papel principal fuese suyo . . .

**Cantaba cuando regresaba
caminando a la casa de la escuela . . .**

**Bailaba mientras hacia
los quehaceres de
la casa . . .**

Actuaba en su cuarto.

El mismo día de la obra, el actor principal amaneció sin voz y no podía actuar.

Enseguida Santiago fue a ver a la directora y le dijo:

—¡Yo puedo hacerlo!

—¿Estás seguro? —le preguntó—. ¿Te sabes todo el papel?

Sin el menor titubeo Santiago le contestó:

—Sí, estoy listo.

Santiago actuó con alma y corazón.

Y al final de la obra, cuando Santiago hizo una reverencia, el público, de pie, lo aplaudió y vitoreó:

¡Bravo! ¡Excelente! ¡Magnífico!

Cuando terminó la representación, el padre de Santiago corrió tras las bambalinas:

—Santiago, ¿cómo hiciste para aprender todo el papel y actuar tan bien?

—Papá —dijo Santiago— tú me enseñaste que nunca me diera por vencido, que hiciera realidad mis sueños y tratara de alcanzar la luna. Y esta noche aprendí otra lección importante.

—¿Cuál? —le preguntó su papá.

—Que a veces, cuando tratas de alcanzar la luna,
puede que acabes entre las estrellas.